이름

MBTI

좋아하는 계절

행복은 셀프. 좋은 순간을 채집하는 행복기록 일기장

작은 기쁨 * 기록 생활

김혜원 글 | 림예 그림

indigo
Story and made

✫ 작은 기쁨 기록 가이드 ✫

오늘은 어떤 하루였나요?

몇 번이나 웃으셨어요?

행복은 계절처럼 큰 단위로 오지 않고

몇 달씩 지속되지도 않아요.

크기보단 빈도가 중요합니다.

인생은 자주 웃는 사람이 이기는 게임이에요.

그러니 바쁘더라도 요령껏 시간을 내서

틈틈이 행복해져요, 우리!

자, 그럼 딱히 웃을 일 없는 일상에

작고 귀여운 기쁨들을 심으러 가 볼까요?

❶ 매주 월요일 아침 '작은 기쁨 채집 미션'을 확인해 보세요.
꼭 책의 순서대로 미션을 수행하지 않아도 괜찮습니다.
내 마음에 드는 미션을 기분 따라 골라잡으세요!

❷ 작심 7일! 미션을 따라 매일 하나씩 작은 기쁨을 채집합니다.
(미션과 상관없더라도 오늘 나를 웃게 한 것이라면 무엇이든 OK!)

❸ 딱 5분만 시간을 내서 채집 일기를 씁시다.
(꼭 글이 아니어도 됨. 그림을 그려도 되고 스티커를 붙여도 좋아요.)

❹ 일주일 중, 작은 기쁨을 채집한 날이 3일 이상이면 미션 성공!

❺ 일상이 무료하고 권태로울 때.
작은 기쁨을 채집한 일기장을 꺼내 삶의 의미를 찾아 보세요.
(그 어떤 책보다 재밌을걸요?)

♦ 이번 주 작은 기쁨 채집 MISSION ♦

작년보다 더 멋진 인생을 위해서
무엇이 필요할까요?
안경, 물컵, 칫솔.
늘 내 옆을 지키는 물건을
근사한 것으로 바꾸어 보세요.
매일 쓰는 물건이 예뻐야 일상을
긍정할 수 있게 됩니다.
인생은 원래 장비빨이거든요.

. 1 2 3 4 5 6 7 8 9 10 11 12

SUN	MON	TUE	WED	THU	FRI	SAT

오늘의 작은 기쁨

오늘 칫솔을 예쁜 걸로 바꿨다.

핑크! 양치할 때마다 기분 좋음! ^0^

THU(.)

FRI(.)

(.)	WED(.)

(.)	SUN(.)

◆ 이번 주 작은 기쁨 채집 MISSION ◆

매일 같은 자리에서 사진을 찍어 보세요.
그리고 매주 일요일 밤
그 사진들을 천천히 넘겨보세요.
바쁘게 사느라 놓쳐버린 중요한 것이
거기 남아 있을지도 모릅니다.
매일 똑같은 하루 같지만, 다른 그림 찾기 하듯
자세히 보면 그날만의 의미를 찾을 수 있을 거예요.

. 1 2 3 4 5 6 7 8 9 10 11 12

SUN	MON	TUE	WED	THU	FRI	SAT

오늘의 작은 기쁨

이런 사진은 어때요?

✰ 퇴근길 엘리베이터 거울에 비친 내 모습

✰ 오후 2시 책상 위에 놓인 물건들

✰ 아침 8시 창밖 풍경

MON(.   )

THU(.   )

FRI(.   )

(.)

WED(.)

(.)

SUN(.)

♦ 이번 주 작은 기쁨 채집 MISSION ♦

여행지에서 맞는 아침이 행복한 이유
예쁘고 맛있는 조식 때문이죠!
이번 주엔 나를 위해
정갈한 아침 식사를 차려 봅시다.
달콤한 프렌치토스트와 오렌지 주스로
여행 기분을 내보아요.

. 1 2 3 4 5 6 7 8 9 10 11 12

SUN	MON	TUE	WED	THU	FRI	SAT

오늘의 작은 기쁨

보통 아침에 카페에 가면
디저트를 시키지 않지만,
이번 주는 아침 행복 주간이니
특별히 얼그레이 마들렌을 선물로 사줌.
야호 향긋하다!

MON(.   )

THU(.   )

FRI(.   )

.)	WED(.)
.)	SUN(.)

◆ 이번 주 작은 기쁨 채집 MISSION ◆

단어 쇼핑!

매일 한 편의 글을 읽고

근사한 단어나 표현을 찾아 보관해 볼까요?

시 한 편도 좋고,

신문 기사나 뉴스레터도 좋습니다.

그리고 일상 속에서 그 단어를 사용해 보세요.

내 기분을 어떤 단어로 표현하느냐,

상황을 어떻게 묘사하느냐에 따라서

인생의 장르가 바뀔 수도 있거든요.

. 1 2 3 4 5 6 7 8 9 10 11 12

SUN	MON	TUE	WED	THU	FRI	SAT

오늘의 단어 쇼핑

"저는 솔직 만능주의자가 아닙니다.
가식과 은폐도 솔직만큼이나
미덕이 될 수 있다고 믿습니다.
저의 감추고 싶은 지난날은 아무에게도
말하지 않을 겁니다."

_ 요조 인터뷰 중에서

MON(　　.　　)

THU(　　.　　)

FRI(　　.　　)

.)	WED(.)
.)	SUN(.)

♦ 이번 주 작은 기쁨 채집 MISSION ♦

생각만 해도 좋은 것의 목록을 만들어 보세요.
칭찬, 관심, 호의, 나란히 걸으며 나누는 대화,
먹을 것을 파는 트럭,
긴 방학, 갓 지은 밥, 따뜻한 모래,
내 이름이 적힌 쪽지, 목적 없는 포옹,
안전한 모험, 움직이는 구름, 눈과 핫초코……
한 번 사는 인생.
아무거나 말고 좋아하는 것들로 채우며 살자고요.

. 1 2 3 4 5 6 7 8 9 10 11 12

SUN	MON	TUE	WED	THU	FRI	SAT

오늘의 작은 기쁨

이런 목록은 어때요?

✰ 지금 다시 읽고 싶은 소설의 목록

✰ 술맛 나는 안주의 목록

✰ 계절별 가장 아끼는 옷의 목록

MON(.)

THU(.)

FRI(.)

.　)

WED(　.　)

.　)

SUN(　.　)

◆ 이번 주 작은 기쁨 채집 MISSION ◆

배경음악의 중요성. 다들 알죠?
우리에겐 나만의 플레이리스트가 필요해요.
이번 주엔 플레이리스트를 점검해 봅시다.
퇴근길에 들을 신나는 음악, 여름 해변에서 틀어둘 음악.
상황별 기분별로 섬세하게 나누어 준비해 두자고요.

. 1 2 3 4 5 6 7 8 9 10 11 12

SUN	MON	TUE	WED	THU	FRI	SAT

재즈처럼 자유롭게 살고 싶을때 듣는 노래들

- ✰ 김오키 〈점도면에서 최대의 사랑〉
- ✰ 윤석철 〈바다가 들린다〉
- ✰ Jordan Rakei 〈Wind Parade〉
- ✰ Barney Kessel 〈Autumn leaves〉

MON(　　.　　)

THU(　　.　　)

FRI(　　.　　)

(.)	WED(.)

(.)	SUN(.)

♦ 이번 주 작은 기쁨 채집 MISSION ♦

하루에 딱 10분씩만 행복해져 볼까요?

이 시간 만큼은

세상에서 제일 이기적인 사람이 됩시다.

바쁜 일 제쳐 두고 편의점에

간식을 사러 갔다 와도 좋고,

좋아하는 연예인의 영상을 봐도 좋아요.

. 1 2 3 4 5 6 7 8 9 10 11 12

SUN	MON	TUE	WED	THU	FRI	SAT

오늘의 작은 기쁨

일 하다가 당 떨어져서 붕어빵 사 먹고 옴.

세 마리 사서 나 혼자 다 먹었다. 메롱!

THU(.)

FRI(.)

.　)

WED(　.　)

.　)

SUN(　.　)

◆ 이번 주 작은 기쁨 채집 MISSION ◆

돈이 드는 것도 아니고 딱히 어렵지도 않지만
세상에 도움이 되는 취미 하나 소개합니다.
누군가 공들여 세상에 내놓은
무언가를 응원해 주는 거예요.
로그인하기 귀찮지만 부지런히 '좋아요'를 눌러요!
시간을 들여 장문의 리뷰도 남겨 보고요.
좋아하는 아티스트에게 응원의 DM도 보내요.
다정한 세상을 위해!
우리 모두 좋음의 흔적을 부지런히 남기자고요.

. 1 2 3 4 5 6 7 8 9 10 11 12

SUN	MON	TUE	WED	THU	FRI	SAT

오늘, 좋음의 흔적

오랜만에 <배철수의 음악 캠프>에

메시지 보냄.

요즘 부쩍 그만둔다는 소리를 자주 하신다.

계실 때 애정 표현 많이 많이 해야지!

MON(.)

THU(.)

FRI(.)

.)

WED(.)

.)

SUN(.)

♦ 이번 주 작은 기쁨 채집 MISSION ♦

오늘의 기념품을 남긴다는 생각으로
한 줄 일기를 써보세요.
점심에 뭘 먹었는지 적어도 좋고
날씨만 기록해도 좋고
동그라미 하나를 그려도 좋습니다.
별것 아닌 것 같지만 그 시시한 기록들이
도움이 되는 순간이 있을 거예요.
해변에서 주운 소라 껍데기처럼.

. 1 2 3 4 5 6 7 8 9 10 11 12

SUN	MON	TUE	WED	THU	FRI	SAT

오늘의 작은 기쁨

오늘은 종일 혼자 있었지만 혼자는 아니었다.

수빈이, 인수, 효니.

친구들의 연락이 있어서 외롭지 않았음.

MON(　　.　　)

THU(　　.　　)

FRI(　　.　　)

(.)

WED(.)

(.)

SUN(.)

♦ 이번 주 작은 기쁨 채집 MISSION ♦

경제학자 오마에 겐이치가 말하는
인생을 바꾸는 세 가지 방법.
시간 다르게 쓰기, 사는 곳 바꾸기.
그리고 새로운 사람 사귀기.
이번 주엔 한 번도 경험해 보지 못한 장소에서
시간을 보내면 어때요?
일상에서 마주칠 일 없는 낯선 이가 말을 건다면
그와 친구가 되어 보는 것도 좋습니다.
저는 낯선 동네에 있는 술집 바 테이블에 앉아서
혼자 술을 마실 거예요.

. 1 2 3 4 5 6 7 8 9 10 11 12

SUN	MON	TUE	WED	THU	FRI	SAT

오늘의 낯선 시간

늘 버스로 지나치기만 했던
정거장에서 내려서 동네 산책했다.
운 좋게 분식집도 발견함.
행복을 음식으로 만든다면
이런 맛일까 싶은 떡볶이였다.

MON(　　.　　)

THU(　　.　　)

FRI(　　.　　)

.)	WED(.)

.)	SUN(.)

♦ 이번 주 작은 기쁨 채집 MISSION ♦

나와 합이 잘 맞는 장소를 가지고 있나요?
신이 돕는 게 아닐까 싶을 정도로
좋은 일만 일어나는 곳.
나 자신이 싫어지는 시기를 건너고 있다면
잠깐 이곳을 떠나 봅시다.
내가 좋아하는 나를 만나기 위한
여행을 계획해 보는 거예요.

. 1 2 3 4 5 6 7 8 9 10 11 12

SUN	MON	TUE	WED	THU	FRI	SAT

오늘의 작은 기쁨

월: 금요일에 퇴근하고 제주도로 떠나기로 결심!

화: 비행기 티켓 구매.

수: 숙소 예약. 이번엔 탑동에서만 있을 예정.

목: P 유형의 여행 계획. 가서 아침엔 뛰고
낮엔 책 읽고 밤엔 술 마시기.

금 토 일: D-day♥ 일기도 쓰지 말고 놀자!

MON(　　.　　)

THU(　　.　　)

FRI(　　.　　)

.)	WED(.)

.)	SUN(.)

♦ 이번 주 작은 기쁨 채집 MISSION ♦

1년 365일 좋은 사람이 되긴 어렵지만
간헐적으로 다정을 나눌 수는 있죠.
고마운 이들을 떠올려 봅니다.
그리고 메신저 앱을 열어 '선물하기' 버튼을 누르세요.
사과즙, 핸드크림, 손선풍기 같이
주는 나도 받는 이도 부담스럽지 않은 선에서
귀여운 선물을 골라 보내 봅시다.

. 1 2 3 4 5 6 7 8 9 10 11 12

SUN	MON	TUE	WED	THU	FRI	SAT

오늘의 작은 기쁨

여름에 힘들 때 재흔이가 큰 힘이 됐었다.
아무것도 못 먹고 있을 때
양손 가득 먹을 걸 싸 들고 와서
며칠이나 같이 있어 줬지.
문득 고마운 마음이 들어서 치킨 보냈다.

MON(.)

THU(.)

FRI(.)

.)	WED(.)
.)	SUN(.)

♦ 이번 주 작은 기쁨 채집 MISSION ♦

'착한 일 에너지' 잘 모아 두셨죠?

이번 미션엔 작은 행운이 가득할 예정입니다.

시험해 볼까요?

동네 서점의 블라인드 북,

문방구 앞 뽑기, 럭키 박스.

하루 하나씩 나에게 선물을 주는 셈 치고

운을 필요로 하는

랜덤 뽑기에 도전해 보세요.

. 1 2 3 4 5 6 7 8 9 10 11 12

SUN	MON	TUE	WED	THU	FRI	SAT

오늘의 랜덤 뽑기

편의점에서 짱구 키링 뽑기 했는데

가지고 싶었던 흰둥이 키링 나왔다. 야호!

복도에 떨어진 쓰레기 주워서

착한 일 에너지 채운 보람 있네. 하하.

MON(　　.　　)

THU(　　.　　)

FRI(　　.　　)

.)	WED(.)

.)	SUN(.)

◆ 작은 기쁨 채집 REMIND ◆

좋은 일이 반복되는 것이 좋은 인생!

나와 합이 잘 맞는 주간 미션이 있었다면

2주 더 실천해 보세요.

너무 바빠 미션에 집중하지 못했던

주간으로 돌아가셔도 좋습니다.

. 1 2 3 4 5 6 7 8 9 10 11 12

SUN	MON	TUE	WED	THU	FRI	SAT

SUN	MON	TUE	WED	THU	FRI	SAT

- 늘 내 옆을 지키는 물건을 근사한 것으로 바꾸어 보세요.
- 매일 같은 자리에서 사진을 찍어 보세요.
- 나를 위해 정갈한 아침 식사를 차려 봅시다.
- 근사한 단어를 찾아 나만의 단어 사전에 넣어 두세요.
- 생각만 해도 좋은 것의 목록을 만들어 보세요.
- 나만의 플레이리스트를 만들어 보세요.
- 매일 딱 10분씩만 이기적으로 굴어 볼까요?
- 누군가 공들여 세상에 내놓은 무언가를 응원해 주세요.
- 오늘의 기념품을 남긴다는 생각으로 한 줄 일기를 써보세요.
- 한 번도 경험해 보지 못한 장소에서 시간 보내기.
- 나와 합이 잘 맞는 장소로 떠날 계획을 세워 보세요.
- 고마운 이들을 떠올려 보고 메신저 앱을 열어 '선물하기' 버튼을 누르세요.
- 나의 운을 시험해 봅시다. 랜덤 뽑기에 도전해 보세요.

♦ 이번 주 작은 기쁨 채집 MISSION ♦

머리를 너무 많이 써서 뭘 먹을지
결정하는 것조차 버거운 날을 대비해
구급상자를 준비해 볼까요?
좋아하는 과자, 라면, 젤리, 초콜릿을
잔뜩 사서 비상식량 창고를 채워둡시다.
쉽고 구체적인 행복을 모으는 다람쥐가 됩시다.
참, 기왕이면 마법의 주문도 함께 넣어 두세요.
"이걸 먹으면 괜찮아질 거야."

. 1 2 3 4 5 6 7 8 9 10 11 12

SUN	MON	TUE	WED	THU	FRI	SAT

오늘의 구급상자 입고 품목

- ✭ 콕콕콕 스파게티 2개
- ✭ 육개장 사발면 작은 컵 1개
- ✭ 웰치스 젤리 3봉
- ✭ 빅웨이브 4병

MON(.   )

THU(.   )

FRI(.   )

.)

WED(.)

.)

SUN(.)

◆ 이번 주 작은 기쁨 채집 MISSION ◆

매일 7000보씩 걸어 볼까요?

올해 볼 수 있는 꽃은 전부 보겠다는 각오로!

산책 중인 강아지를 30마리 이상 보겠다는 목표로!

10000보는 너무 많으니까

행운의 럭키 세븐이 좋겠어요.

. 1 2 3 4 5 6 7 8 9 10 11 12

SUN	MON	TUE	WED	THU	FRI	SAT

오늘의 산책 일기

꽃 이름을 잘 아는 어른이 되고 싶다.

꽃잎에 작은 홈이 있는 건 벚꽃.

꽃자루가 짧은 건 매화.

꽃받침이 뒤로 활짝 열린 건 살구꽃.

구분하는 연습을 하며 걸었다.

MON(　　.　　)

THU(　　.　　)

FRI(　　.　　)

.)	WED(.)

.)	SUN(.)

◆ 이번 주 작은 기쁨 채집 MISSION ◆

좋은 말 상자를 준비합니다.

친구의 응원, 사랑 고백, 상사의 칭찬.

내게 닿은 좋은 말은 무엇이든 모아 두세요.

그리고 마음이 가난해지는 날 꺼내 읽어요.

세상엔 좋은 사람이 많고

나를 생각해 주는 사람도 많다는 걸 잊지 말아요.

. 1 2 3 4 5 6 7 8 9 10 11 12

SUN	MON	TUE	WED	THU	FRI	SAT

오늘의 작은 기쁨

- 2021년 2월 19일에 받은 메시지 -

책 잘 읽었습니다.
위로가 되고 재밌고 아름다워요.
되게 용감한 분이세요. 겁이 많다고
하시지만 그렇지 않은 것 같아요.
작은 빛들이 모여서 어찌나 찬란한지.
내내 어른거릴 것 같아요. 고맙습니다.

MON(.)

THU(.)

FRI(.)

.)	WED(.)
.)	SUN(.)

♦ 이번 주 작은 기쁨 채집 MISSION ♦

위시 리스트 도장 깨기 주간입니다.

지도 앱에 저장해 두기만 한 '가 보고 싶은 장소' 있죠?

하루에 하나씩 가까운 곳부터 탐험해 보는 거예요.

귀찮음을 이기는 건, 사랑밖에 없습니다.

내 일상을 사랑하고 싶다면

귀찮음을 무릅쓰고 침대 밖으로 나가

오늘의 작은 기쁨을 채집하세요.

. 1 2 3 4 5 6 7 8 9 10 11 12

SUN	MON	TUE	WED	THU	FRI	SAT

오늘의 작은 기쁨

망원동에 'non mainstreamers'라는

칵테일 바가 있다.

바 이름이 비주류라니!

집에서 멀어서 별 찍어 놓고

몇 년째 못 갔는데

마감 끝난 기념으로 한 번 가봤다.

역시나 좋았음.

향기, 음악, 술맛, 조명. 오감이 만족스러웠다.

MON(　　.　　)

THU(　　.　　)

FRI(　　.　　)

.)

WED(.)

.)

SUN(.)

♦ 이번 주 작은 기쁨 채집 MISSION ♦

필름 한 롤 혹은 일회용 필름 카메라를 준비합니다.
보통 필름 한 롤로 36장의 사진을 찍을 수 있어요.
카메라를 들고 다니면서
기억하고 싶은 순간을 필름에 담으세요.
한 주 안에 한 롤을 다 쓰는 게 목표입니다!

. 1 2 3 4 5 6 7 8 9 10 11 12

SUN	MON	TUE	WED	THU	FRI	SAT

오늘 찍은 사진: 5컷

회의실에 햇빛이 예쁘게 들길래
팀원들이랑 사진 찍었다.
실내 사진이라 제대로 나올지는 알 수 없지만
사진 찍은 순간은 오래 기억날 듯.

MON(　　.　　)

THU(　　.　　)

FRI(　　.　　)

.)	WED(.)

.)	SUN(.)

&A
Q
LIVE

♦ 이번 주 작은 기쁨 채집 MISSION ♦

사랑하는 사람에 대해 얼마나 알고 계시나요?

가장 좋아하는 음식은?

좋아하는 색깔은?

질문 열 가지를 준비합니다.

그리고 (가능하면) 이번 주 안에

그 사람을 인터뷰해 보세요.

. 1 2 3 4 5 6 7 8 9 10 11 12

SUN	MON	TUE	WED	THU	FRI	SAT

오늘의 작은 기쁨

인터뷰라는 말이 낯간지럽다면
이렇게 해보세요.
"우리 tmi 토크 하자!
나에 대한 쓸데없는 정보 하나씩 주고받기.
나부터 할게. 나는 오래된 원두로
내린 커피를 좋아해."

MON(　　.　　)

THU(　　.　　)

FRI(　　.　　)

.)	WED(.)
.)	SUN(.)

♦ 이번 주 작은 기쁨 채집 MISSION ♦

무언가를 일상적으로 접하다 보면
그것의 특별함을 잊곤 해요.
가족, 집, 회사, 우리 동네.
나에게 아주 익숙한 대상 일곱 가지를 고르세요.
그리고 그것들의 아름다움을 관찰해 보세요.

. 1 2 3 4 5 6 7 8 9 10 11 12

SUN	MON	TUE	WED	THU	FRI	SAT

오늘의 작은 기쁨

우리 집 복도의 아름다움.

북한산 능선과 내부순환로가 동시에 보이는

서울의 가장자리.

여기 서면 계절이 바뀌는 게

구체적으로 와 닿는다.

여름엔 덥고 겨울엔 춥지만 그래서 재밌어.

MON(　　.　　)

THU(　　.　　)

FRI(　　.　　)

.)	WED(.)
.)	SUN(.)

다녀올게!

♦ 이번 주 작은 기쁨 채집 MISSION ♦

마지막으로 휴대폰 없이 외출한 게 언제인가요?

휴대폰을 집에 두고 어디든 다녀오세요.

편의점도 좋고 1박 2일 짧은 여행도 좋습니다.

. 1 2 3 4 5 6 7 8 9 10 11 12

SUN	MON	TUE	WED	THU	FRI	SAT

오늘의 작은 기쁨

휴대폰 없이 긴 산책을 다녀왔다.

찍고 싶은 장면도 못 찍고

듣고 싶은 음악도 못 듣고

떠오르는 단상들 메모도 못하고

여러모로 아쉬운 순간이 많았는데

산책이 끝나고 난 뒤 머리가 아주 맑아졌다.

MON(　　.　　)

THU(　　.　　)

FRI(　　.　　)

.)	WED(.)

.)	SUN(.)

♦ 이번 주 작은 기쁨 채집 MISSION ♦

낮잠 주간입니다.

볕 좋고 한적한 곳을 찾아 달콤한 낮잠을 즐기세요.

아파트 놀이터 벤치도 좋고 회사 옥상도 좋아요.

눈이 부실 수 있으니

얼굴에 덮어 둘 책이나 손수건을 챙겨 가세요.

. 1 2 3 4 5 6 7 8 9 10 11 12

SUN	MON	TUE	WED	THU	FRI	SAT

낮잠 일기

아파트 벤치에 누워서

소설책 얼굴에 얹고 자고 있었는데

꼬맹이 하나가 뽀르르 달려와서 물었다.

"누나는 머리가 왜 이렇게 길어요?"

MON(.)

THU(.)

FRI(.)

.)

WED(.)

.)

SUN(.)

♦ 이번 주 작은 기쁨 채집 MISSION ♦

오래 걸은 날은 오래 기억에 남죠.

이번엔 밤 미션입니다.

길고 비밀스러운 밤 산책을 하고 옵시다.

. 1 2 3 4 5 6 7 8 9 10 11 12

SUN	MON	TUE	WED	THU	FRI	SAT

밤 산책의 장점

☆ 잠이 잘 온다.

☆ 도시에도 별이 많이 보이는 날이 있다는 걸 알게 된다

☆ 밤을 걷는 사람들이 의외로 많아 덜 외롭다.

MON(　　.　　)

THU(　　.　　)

FRI(　　.　　)

.)	WED(.)
.)	SUN(.)

To do list

♦ 이번 주 작은 기쁨 채집 MISSION ♦

일기 쓰기, 산책, 티타임.

꾸준히 매일 하고 싶은 루틴이 있나요?

해야 할 일만 가득 적혀 있는 to do list에

나를 위한 루틴도 적어줍시다.

루틴은 샐러드 위에 추가하는 토핑 같은 게 아닌가 싶어요.

맛없는 풀을 먹어야 할 운명이라면

연어, 치즈, 치킨 텐더 같이

맛있는 걸 얹어서 조금은 덜 괴롭게 살려는 꼼수!

계속 풀만 먹으면 금방 포기하고 싶어질 테니까요.

. 1 2 3 4 5 6 7 8 9 10 11 12

SUN	MON	TUE	WED	THU	FRI	SAT

오늘의 작은 기쁨

요가를 1년 넘게 꾸준히 했는데
몸 쓰는 일엔 영 재주가 없어서
거울에 비친 자세를 볼 때마다 민망하다.
오늘도 역시나 애를 쓰고 있는데
요가소년 선생님이 말했다.
"무리하지 마세요. 자세를 잡기 어렵다면
거기서 멈추고 그 자세에서 빠져나오세요."

MON(　　.　　)

THU(　　.　　)

FRI(　　.　　)

.)	WED(.)

.)	SUN(.)

♦ 이번 주 작은 기쁨 채집 MISSION ♦

나 자신과의 권태기에 대처하는 방법!

매일 안 하던 짓 하나씩 해 볼까요?

충동적으로 반차 쓰고 영화 보러 가기.

호텔로 퇴근해서 조식 먹고 출근하기.

. 1 2 3 4 5 6 7 8 9 10 11 12

SUN	MON	TUE	WED	THU	FRI	SAT

오늘의 작은 기쁨

산책하다가 갑자기 기차 타고 싶어져서

서울역으로.

계획 없이 행궁동 가서

와인 마시고 돌아왔다.

잠깐이었는데 되게 먼 곳에 갔다 온 기분.

MON(　　.　　)

THU(　　.　　)

FRI(　　.　　)

.)

WED(.)

.)

SUN(.)

♦ 이번 주 작은 기쁨 채집 MISSION ♦

매일 보는 것이 나를 만듭니다.

오늘 본 책, 영화, 유튜브 영상, 웃긴 짤. 예쁜 사진

기억에 남는 콘텐츠를 보고

무슨 생각을 했는지 적어 보아요.

볼 때마다 웃게 되는

행복 버튼이 있다면 따로 모아 두세요.

. 1 2 3 4 5 6 7 8 9 10 11 12

SUN	MON	TUE	WED	THU	FRI	SAT

오늘의 작은 기쁨

다섯 번 째 보는 허챠밍 통영 여행 브이로그.

이 영상 보면 친구들이랑

여행 가고 싶어 진다.

흥청망청 엉망진창으로 취해서

시답잖은 농담하다가 잠들고 싶다.

MON(　　.　　)

THU(　　.　　)

FRI(　　.　　)

.)	WED(.)

.)	SUN(.)

♦ 작은 기쁨 채집 REMIND ♦

좋은 일이 반복되는 것이 좋은 인생!
나와 합이 잘 맞는 주간 미션이 있었다면
2주 더 실천해 보세요.
너무 바빠 미션에 집중하지 못했던
주간으로 돌아가서도 좋습니다.

. 1 2 3 4 5 6 7 8 9 10 11 12

SUN	MON	TUE	WED	THU	FRI	SAT

SUN	MON	TUE	WED	THU	FRI	SAT

- 좋아하는 과자, 라면, 젤리. 초콜릿을 잔뜩 사서
  비상식량 창고를 채워둡시다.
- 매일 7000보씩 걸어 볼까요?
- 내게 닿은 좋은 말을 모아 두세요.
- 지도 앱에 저장해 두기만 한 '가 보고 싶은 장소'를 탐험해 봅시다.
- 일회용 필름 카메라로 여러분의 일주일을 담으세요.
- 사랑하는 사람에 대해 열 가지 질문을 던져 보세요.
- 아주 익숙한 대상을 골라 천천히 관찰해 보세요.
- 휴대폰을 집에 두고 어디든 다녀오세요.
- 볕 좋고 한적한 곳을 찾아 달콤한 낮잠을 즐기세요.
- 길고 비밀스러운 밤 산책을 하고 옵시다.
- 해야 할 일만 가득 적혀 있는 to do list에
  나를 위한 루틴도 적어 보세요.
- 그동안 해본 적 없는 안 하던 짓을 해볼까요?
- 오늘의 콘텐츠 소비 기록을 남겨 보세요.

♦ 이번 주 작은 기쁨 채집 MISSION ♦

하루 10분 '오구오구 타임'을 가져 볼까요?

누가 시키지도 않았는데

방 청소를 하다니 아이고 잘했다.

혼자서 양말도 잘 신고 세수도 잘하네.

너무 기특하다.

밥만 잘 먹어도 박수를 받던 아기 시절처럼

무조건 잘했다고 해주기예요.

. 1 2 3 4 5 6 7 8 9 10 11 12

SUN	MON	TUE	WED	THU	FRI	SAT

오늘의 작은 기쁨

날씨가 너무 좋아서 땡땡이치고
놀고 싶었는데 출근했다.
그리고 해 질 때까지
해 지고 나서도 일했다.
나는 책임감 있는 어른이다.
자랑스럽다. 야호!

MON(　　.　　)

THU(　　.　　)

FRI(　　.　　)

(.)

WED(.)

(.)

SUN(.)

♦ 이번 주 작은 기쁨 채집 MISSION ♦

이번 미션은 매일 노을 보기.

하늘이 오렌지색으로 물드는 시간,

아끼는 컵에 좋아하는 음료를 담아서

하늘이 보이는 곳으로 나갑시다.

. 1 2 3 4 5 6 7 8 9 10 11 12

SUN	MON	TUE	WED	THU	FRI	SAT

오늘의 작은 기쁨

11층 아파트인 우리 집 복도에 서서
노을을 보면
건너편 주택 옥상이 내려다보인다.
매일 같은 시간 옥상에 올라 노을을 보는
그들에게 묘한 애정을 갖게 됐다.
모두 건강하고 평안하길!

MON(　　.　　)

THU(　　.　　)

FRI(　　.　　)

.　)	WED(　.　)

.　)	SUN(　.　)

♦ 이번 주 작은 기쁨 채집 MISSION ♦

여행 갈 시간이 없다면 추억 여행은 어때요?
월요일엔 빛바랜 어린 시절 앨범을 꺼내 보고
화요일엔 예전에 쓰던 휴대폰 갤러리를 뒤져보는 거죠.
어느 날 저희 엄마가 아기 시절 사진을
잔뜩 보내며 말씀하시더라고요.
"우리 딸이 얼마나 예쁨 받으며 자랐는지 아는지 몰라."

. 1 2 3 4 5 6 7 8 9 10 11 12

SUN	MON	TUE	WED	THU	FRI	SAT

오늘의 작은 기쁨

나는 '못 나온 사진'일지라도

굳이 저장해 둔다.

나중에 시간이 많이 흐른 뒤에 다시 보면

괜찮게 느껴지는 일이 종종 있어서다.

"이제 보니 이때 나 되게

예뻤는데 왜 스스로를

못 잡아먹어서 안달이었지?" 싶은 것이다.

MON(　　.　　)

THU(　　.　　)

FRI(　　.　　)

.　)	WED(　.　)

.　)	SUN(　.　)

♦ 이번 주 작은 기쁨 채집 MISSION ♦

취향이 없어서 고민이신가요?
내가 좋아하는 것들 사이의 공통점을 찾아보세요.
예를 들어 제가 반복해서 듣는 뮤지션을 나열해 보면
강아솔, 김사월, 정우, 김목인, 빅베이비드라이버.
포크라는 장르를 편애하는 마음의 규칙이 보이죠!
우리는 취향이 없는 게 아니라
아직 마음의 방향을 못 찾은 거예요.

. 1 2 3 4 5 6 7 8 9 10 11 12

SUN	MON	TUE	WED	THU	FRI	SAT

내가 좋아하는 도시들

☆ 제주

☆ 통영

☆ 오키나와

☆ 고성

나는 바닷가 마을을 참 좋아하네.

MON(　　.　　)

THU(　　.　　)

FRI(　　.　　)

.)	WED(.)
.)	SUN(.)

STOP

♦ 이번 주 작은 기쁨 채집 MISSION ♦

일주일만 사용할 수 있는 잠깐 멈춤 버튼을 드릴게요.

너무 힘들 때는 버튼을 누르고 눈을 감으세요.

휴대폰 알람도 끄고 이어폰도 빼고

5분만 가만히 있는 거예요.

별것 아닌 것 같지만

이런 급속 충전이 의외로 도움이 된답니다.

. 1 2 3 4 5 6 7 8 9 10 11 12

SUN	MON	TUE	WED	THU	FRI	SAT

오늘의 작은 기쁨

회의 시간에 말을 너무 많이 해서 지쳤다.

복도에 숨어 잠깐 앉아 있었음.

노래 딱 두 곡 듣고 나니 괜찮아졌다.

나는 쉽게 방전되는 인간이지만

그만큼 회복이 빠른 인간이기도 하다.

MON(　　.　　)

THU(　　.　　)

FRI(　　.　　)

.)	WED(.)
.)	SUN(.)

♦ 이번 주 작은 기쁨 채집 MISSION ♦

손글씨 자주 쓰시나요?

이번 미션은 손글씨 쓰기입니다.

일기를 써도 좋고

좋아하는 노래 가사를 적어봐도 좋고

필사를 해도 좋습니다. 편지를 쓸 수도 있겠네요.

오랜만에 예쁜 공책이랑 좋은 펜을 사보는 건 어때요.

문구점에 들어가는 순간부터 신날 거예요.

. 1 2 3 4 5 6 7 8 9 10 11 12

SUN	MON	TUE	WED	THU	FRI	SAT

오늘의 작은 기쁨

어른이 되어서 사귄 친구는 글씨체를
알기가 쉽지 않다.
회사 친구 글씨체가 문득 궁금해서
포스트잇에 쪽지 썼다.
"내 글씨 처음 보지?
나도 네 글씨가 궁금해."

MON(.)

THU(.)

FRI(.)

.)	WED(.)

.)	SUN(.)

♦ 이번 주 작은 기쁨 채집 MISSION ♦

일주일만 유명 브이로거가 된 기분으로 살아볼까요?

아침엔 스트레칭과 모닝커피로 단정하게 시작하고

라면 한 그릇을 먹더라도

예쁜 접시에 담아 먹는 거예요.

누군가 보고 있다고 생각하면

무기력함이 조금은 옅어지더라고요.

. 1 2 3 4 5 6 7 8 9 10 11 12

SUN	MON	TUE	WED	THU	FRI	SAT

오늘의 작은 기쁨

집에 친구가 놀러 왔다.
과자를 그릇에 담아서 줬더니
"누가 과자를 그릇에 담아 먹어요." 한다.
"과자도 예쁜데다 먹으면
더 맛있잖아." 했다.

MON(　　.　　)

THU(　　.　　)

FRI(　　.　　)

.)	WED(.)

.)	SUN(.)

♦ 이번 주 작은 기쁨 채집 MISSION ♦

어른이 되기 위한 필수 과정,
심심함을 견디는 연습.
심심하다고 아무에게나 연락하거나,
아무거나 보지 않기.
혼자서도 괜찮을 수 있는 방법을 찾아봅시다.

. 1 2 3 4 5 6 7 8 9 10 11 12

SUN	MON	TUE	WED	THU	FRI	SAT

오늘의 작은 기쁨

심심해서 성북천 뛰고 왔다.

30분쯤 뛰고 나면 심심한 걸 잊는다.

너무 힘들어서 빨리 씻고 눕고 싶어진다.

언 발에 오줌 누듯 아무한테나

연락하는 것보다 훨씬 나음.

MON(　　.　　)

THU(　　.　　)

FRI(　　.　　)

.)

WED(.)

.)

SUN(.)

우리동네는
처음이냥? ∴

♦ 이번 주 작은 기쁨 채집 MISSION ♦

아는 동네를 늘려가는 기쁨에 대해 아시나요?
버스를 타고 가다 마음에 드는 풍경이 보이면
과감하게 내리세요.
그리고 동네 사람처럼 그 동네를 산책하세요.
주민들만 가는 작은 가게에서 저녁을 먹고
맥주 한 잔 마셔도 좋겠어요.

. 1 2 3 4 5 6 7 8 9 10 11 12

SUN	MON	TUE	WED	THU	FRI	SAT

오늘의 작은 기쁨

러닝 코스 중간에 '신설동 사람들'이라는
카페 겸 펍이 있다.
볼 때마다 저기서 맥주 한 잔하면
딱 좋겠다고 생각만 하다가 오늘 가 봄.
성북천이 내려다보이는 테라스가
역시 멋졌다.
참새 방앗간이 될 듯.

MON(　　.　　)

THU(　　.　　)

FRI(　　.　　)

.)	WED(.)

.)	SUN(.)

.)

WED(.)

.)

SUN(.)

100%
90%
80%

♦ 이번 주 작은 기쁨 채집 MISSION ♦

가끔 스스로에게 너무 많은 것을

바란다는 생각이 들진 않나요?

자, 목표 하향 조정 기간입니다.

to do list에서 일정 세 개씩만 덜어내세요.

'오늘도 이것밖에 못 했네' 자책하지 않기.

70점짜리 하루에도 크게 동그라미를 쳐주세요.

. 1 2 3 4 5 6 7 8 9 10 11 12

SUN	MON	TUE	WED	THU	FRI	SAT

오늘의 작은 기쁨

주말이니까 책도 읽고, 집 청소도 하고,
글도 좀 쓸 계획이었다.
하지만 아무것도 하지 않았다.
잠시 죄책감이 들었지만
이번 주는 '목표 하향 조정 기간'이니까
하면서 면죄부를 줌.
하루쯤은 과자 봉지처럼 널브러져
지겨울 때까지 쉬어도 된다.

MON(　　.　　)

THU(　　.　　)

FRI(　　.　　)

.)	WED(.)

.)	SUN(.)

BUS

◆ 이번 주 작은 기쁨 채집 MISSION ◆

사람은 누구나 세 개의 삶을 산다고 하죠.

공적인 삶, 사적인 삶, 비밀의 삶.

우리 이번 주엔 비밀의 삶을 하나씩 만들어 볼까요?

아무도 몰래 프랑스어 공부를 시작한다거나.

킥복싱을 배워본다거나.

. 1 2 3 4 5 6 7 8 9 10 11 12

SUN	MON	TUE	WED	THU	FRI	SAT

인스타그램에는 안 올리는 비밀스러운 삶

동네 위스키 바에 종종 혼술하러 간다.
일본 드라마 〈심야 식당〉 같은 느낌.
거기서는 단골손님 1로만 존재하고 싶어서
친구들을 절대 안 데리고 간다.

MON(　　.　　)

THU(　　.　　)

FRI(　　.　　)

.)	WED(.)

.)	SUN(.)

영수증
mart
coffee
A-19
매일빵집
X-MART
편의점
50%
샌드위치
ukule
Book
BOOK
CINEMA

♦ 이번 주 작은 기쁨 채집 MISSION ♦

이번 주엔 영수증을 모아볼까요?
어디에 돈을 쓰는지를 살펴보면 한 사람의 취향과
라이프스타일을 파악할 수 있습니다.
일주일 동안 내 인생에 새롭게 들인 물건이
무엇인지 체크하고 그것으로 인한 변화를 관찰해 보세요.
나에 대해 새롭게 알게 될 거예요.

. 1 2 3 4 5 6 7 8 9 10 11 12

SUN	MON	TUE	WED	THU	FRI	SAT

오늘 산 것

- ☆ 스테비아 토마토(요즘 빠짐.)
- ☆ 땡초장(뭘 찍어 먹어도 맛있다.)
- ☆ 리본 머리핀

그러고 보니 셋 다 SNS 광고 보고 산 거다.

역시 유행하는 건 직접 해봐야

직성이 풀리는 타입.

MON(.   )

THU(.   )

FRI(.   )

.)	WED(.)

.)	SUN(.)

♦ 작은 기쁨 채집 REMIND ♦

좋은 일이 반복되는 것이 좋은 인생!
나와 합이 잘 맞는 주간 미션이 있었다면
2주 더 실천해 보세요.
너무 바빠 미션에 집중하지 못했던
주간으로 돌아가셔도 좋습니다.

. 1 2 3 4 5 6 7 8 9 10 11 12

SUN	MON	TUE	WED	THU	FRI	SAT

SUN	MON	TUE	WED	THU	FRI	SAT

- 하루 10분 '오구오구 타임'을 가져 볼까요?
- 매일 노을 보기(feat. 좋아하는 음료수)
- 여행 갈 시간이 없다면 추억 여행은 어때요?
- 내가 좋아하는 것들 사이의 공통점을 찾아보세요.
- 급속 충전! 5분만 눈을 감고 가만히 있어 볼까요?
- 손글씨를 써봅시다. 일기도 좋고 필사도 좋아요.
- 일주일만 유명 브이로거가 된 기분으로 살아볼까요?
- 심심하다고 아무에게나 연락하거나, 아무거나 보지 않기.
- 버스를 타고 가다 마음에 드는 풍경이 보이면 과감하게 내리세요.
- 단 5분이라도 나를 기쁘게 해주는 일을 일단 해봅시다.
- to do list에서 일정 세 개씩만 덜어내세요.
- 남들은 모르는 비밀의 삶을 하나씩 만들어 볼까요?
- 영수증을 모아볼까요? 나에 대해 새롭게 알 수 있을 겁니다.

좋아
싫어
좋아
좋아
싫어
좋아
좋아
좋아
싫어
싫어
싫어
좋아
싫어
싫어
좋아
좋아
좋아

♦ 이번 주 작은 기쁨 채집 MISSION ♦

싫어하는 게 많아지면 세상이 납작해진다고 하죠.
이번 주 금지어는 "싫어!"입니다.
"월요일이 싫어!" 대신 "주말이 좋아~"라고 말하기.

. 1 2 3 4 5 6 7 8 9 10 11 12

SUN	MON	TUE	WED	THU	FRI	SAT

오늘의 작은 기쁨

회의가 싫어!

아, 아니지……

혼자 일하는 게 더 좋아.

MON(　　.　　)

THU(　　.　　)

FRI(　　.　　)

(.)	WED(.)
(.)	SUN(.)

◆ 이번 주 작은 기쁨 채집 MISSION ◆

나를 주제로 한 백과사전 만들기 프로젝트.

이왕 나로 태어난 인생,

나를 구석구석 알차게 활용해 봅시다.

찰나의 감각이나 기분을 기록해 두면

헤매지 않고 즐거운 일들에 닿을 수 있어요.

* **별것도 아닌 일로 난 짜증에 잡아먹힐 것 같을 때**
따뜻한 물에 샤워하기, 햇별 쬐기, 맥주 한 캔 마시며 걷기.

* **바쁠 때일수록 놓치면 안 되는 루틴**
정성스럽게 먹기, 산책하기, 옷 단정하게 입기.
(이거 세 개 못하면 일적으로 아무리 성공해도 불행하다고 느끼는 사람임.)

. 1 2 3 4 5 6 7 8 9 10 11 12

SUN	MON	TUE	WED	THU	FRI	SAT

오늘의 작은 기쁨

☆ 입맛에 맞는 원두 목록

콜롬비아, 만델링. 잘 모르겠을 땐

"산미 없는 것으로 주세요."

☆ 술집을 고르는 기준

적당한 맛, 요기되는 안주가 있을 것.

편안한 의자, 실내에 있는 화장실.

MON(　　.　　)

THU(　　.　　)

FRI(　　.　　)

(.)	WED(.)

(.)	SUN(.)

♦ 이번 주 작은 기쁨 채집 MISSION ♦

가끔은 혼자 있을 시간이 필요하죠.

이번 주 점심시간은 혼자서 보내면 어때요?

. 1 2 3 4 5 6 7 8 9 10 11 12

SUN	MON	TUE	WED	THU	FRI	SAT

오늘의 작은 기쁨

- 추천 -

✫ 회사 사람들에게 인기 없는 카페에서
1시간 동안 빈둥거리기.

✫ 이 동네에 일하러 온 사람이 아닌 것처럼
골목골목 산책하기.

MON(.   )

THU(.   )

FRI(.   )

.)	WED(.)

.)	SUN(.)

♦ 이번 주 작은 기쁨 채집 MISSION ♦

월급날의 루틴을 만들어 보세요.

우리는 한 달에 한 번 나에게 잘 해줄 수 있는

능력 있는 어른이니까요.

저는 월급날엔 서점에 갑니다.

이걸 다 사면 얼마를 내야 할지 셈하지 않고 양껏!

아무것도 포기하지 않고 전부 다 사는 날이에요.

. 1 2 3 4 5 6 7 8 9 10 11 12

SUN	MON	TUE	WED	THU	FRI	SAT

오늘의 작은 기쁨

오늘 저녁은 비싸서 자주 먹을 수 없지만
좋아하는 음식, 카이센동!
월급날은 아니지만 고생했으니까.
배달료가 무려 6000원이나
되는 집에서 시켰다.

MON(　　.　　)

THU(　　.　　)

FRI(　　.　　)

.　)	WED(　.　)

.　)	SUN(　.　)

전시회
예약석

♦ 이번 주 작은 기쁨 채집 MISSION ♦

자, 나를 위한 데이트 코스를 짜볼까요?

스쳐 지나가듯 말했던 힌트들을 떠올려 봐요.

보고 싶어 했던 전시회 티켓을 사두고,

가고 싶어 했던 식당도 미리 예약해놓고.

주말을 기다립시다.

혼자서도 완벽한 하루가 될 거예요.

. 1 2 3 4 5 6 7 8 9 10 11 12

SUN	MON	TUE	WED	THU	FRI	SAT

오늘의 작은 기쁨

데이트 일정에 산책 코스를 넣는다면
가산점을 줄 테야.
우연히 들른 소품 숍에서 작은 선물을 산다?
그렇다면 백 점짜리 데이트지.

MON(　　.　　)

THU(　　.　　)

FRI(　　.　　)

(.)	WED(.)
(.)	SUN(.)

♦ 이번 주 작은 기쁨 채집 MISSION ♦

사치 주간입니다.

매일 나를 위한 사치 하나씩 허락해 주자고요.

. 1 2 3 4 5 6 7 8 9 10 11 12

SUN	MON	TUE	WED	THU	FRI	SAT

오늘의 작은 기쁨

일단 저는 이런 걸 할 겁니다.

- ✫ 그동안 배달비 아까워서
  못 시켜 먹었던 음식 플렉스하기.
- ✫ 간장 계란밥에 계란 프라이 두 개씩 넣기.
- ✫ 장바구니에 담아 둔 책 한 번에 사기.

MON(　　.　　)

THU(　　.　　)

FRI(　　.　　)

(.)	WED(.)
(.)	SUN(.)

♦ 이번 주 작은 기쁨 채집 MISSION ♦

어색할 때 꺼낼 수 있는 무해한 이야기를

많이 가진 사람이 되고 싶어요.

하루에 하나씩 스몰토크 소재를 모아 볼까요?

. 1 2 3 4 5 6 7 8 9 10 11 12

SUN	MON	TUE	WED	THU	FRI	SAT

오늘의 작은 기쁨

제가 오늘 채집한 스몰토크는 말이죠.

"모닝빵과 디너롤은 사실

같은 빵인 거 아세요?

알고 보면 세상이 이렇게

허술하게 돌아간다는 게

때론 위로가 되더라고요."

MON(　　.　　)

THU(　　.　　)

FRI(　　.　　)

.)	WED(.)

.)	SUN(.)

BYE

♦ 이번 주 작은 기쁨 채집 MISSION ♦

어제와는 다른 내가 되는 가장 쉬운 방법!
더 이상 내게 필요하지 않은 것을 골라
매일 하나씩 버리기.
안 맞는 옷, 안 쓰는 그릇,
냉동실에 넣어 둔지 5년쯤 지난 음식,
만날 때마다 마음을 가난하게 만드는 모임,
오랫동안 방치된 외장 하드의 데이터.
생각보다 버릴 수 있는 게 많다고 생각하면
마음이 조금은 가벼워질 거예요.

. 1 2 3 4 5 6 7 8 9 10 11 12

SUN	MON	TUE	WED	THU	FRI	SAT

오늘 버린 것

그동안 모은 플레이리스트가 아까워
해지하지 못했던 음원 서비스를 해지했다.
삶이 조금은 가벼워졌으면 좋겠어~!

MON(　　.　　)

THU(　　.　　)

FRI(　　.　　)

(.)

WED(.)

(.)

SUN(.)

♦ 이번 주 작은 기쁨 채집 MISSION ♦

긴 겨울을 씩씩하게 보내기 위한

준비를 해볼까요?

. 1 2 3 4 5 6 7 8 9 10 11 12

SUN	MON	TUE	WED	THU	FRI	SAT

오늘의 작은 기쁨

- ✰ 가지고 있는 모든 외투에 삼천 원씩 넣어 두기.
- ✰ 올겨울 먹을 붕어빵 목표치 세우기. (한 개 먹을 때마다 색칠하기).
- ✰ 기분 전환용 예쁜 목도리(장갑) 사기.

MON(.   )

THU(.   )

FRI(.   )

E(.)	WED(.)
(.)	SUN(.)

고생했어 패딩
고마워 코트
사랑해패딩

♦ 이번 주 작은 기쁨 채집 MISSION ♦

칭찬도 자꾸 연습해야 늘어요.

하루에 칭찬 하나씩 하기.

가까운 사람에게 하는 칭찬도 좋고,

나 자신에게 해주는 칭찬도 좋아요.

. 1 2 3 4 5 6 7 8 9 10 11 12

SUN	MON	TUE	WED	THU	FRI	SAT

오늘의 작은 기쁨

프로필 사진 바꾼 엄마에게

"엄마 프로필 사진 예쁘다. 나도 보내줘.

저장해 놓게."

MON(　　.　　)

THU(　　.　　)

FRI(　　.　　)

.)	WED(.)
.)	SUN(.)

♦ 이번 주 작은 기쁨 채집 MISSION ♦

1년 중 가장 밤이 긴 날, 동지가 지나면
하루에 1분씩 해가 길어진대요.
지난 계절이 그리울 땐
내년 달력을 펼쳐 24절기를 표시해 보세요.
계절이 접히는 구간을 알리는
이정표가 되어줄 거예요.

. 1 2 3 4 5 6 7 8 9 10 11 12

SUN	MON	TUE	WED	THU	FRI	SAT

오늘의 작은 기쁨

입추(8월 7일 혹은 8월 8일).
아직 여름인 것 같아도 입추가 되면
귀신같이 공기가 차가워진다.
추위를 많이 타는 나는
입추부터 추워질 각오를 한다.

MON(　　.　　)

THU(　　.　　)

FRI(　　.　　)

.)	WED(.)

.)	SUN(.)

♦ 이번 주 작은 기쁨 채집 MISSION ♦

산타가 된 기분을 느껴볼까요?

점찍어 두었던 소품 숍에 들러

좋아하는 사람들에게 줄 선물을 사는 거예요.

귀여운 엽서에 감사 편지를 써 봐도 좋겠습니다.

. 1 2 3 4 5 6 7 8 9 10 11 12

SUN	MON	TUE	WED	THU	FRI	SAT

오늘의 작은 기쁨

친구에게 선물할 슈톨렌을 샀다.

독일 사람들은 크리스마스를 기다리며

슈톨렌을 한 조각씩 얇게 잘라

먹는다고 한다.

MON(.)

THU(.)

FRI(.)

(.)	WED(.)

(.)	SUN(.)

◆ 이번 주 작은 기쁨 채집 MISSION ◆

올해의 작은 기쁨을 결산해 볼까요?
1년 동안 내가 남긴 기록(흔적)을 되짚어보고
인생의 한 조각을 남겨 두고 싶은 부분만
선별하여 정리해 두세요.
아직 좋은 순간을 만들지 못했다면
이번 주에 벼락치기로 행복해지세요.

. 1 2 3 4 5 6 7 8 9 10 11 12

SUN	MON	TUE	WED	THU	FRI	SAT

연말 결산 주제 추천

- ✰ 올해의 레벨 업(깨달음)
- ✰ 올해의 장소
- ✰ 올해의 성취
- ✰ 올해의 소비
- ✰ 올해의 콘텐츠
- ✰ 올해의 아름다움

MON(　　.　　)

THU(　　.　　)

FRI(　　.　　)

(.)	WED(.)

(.)	SUN(.)

♦ 작은 기쁨 채집 REMIND ♦

좋은 일이 반복되는 것이 좋은 인생!

나와 합이 잘 맞는 주간 미션이 있었다면

2주 더 실천해 보세요.

너무 바빠 미션에 집중하지 못했던

주간으로 돌아가셔도 좋습니다.

. 1 2 3 4 5 6 7 8 9 10 11 12

SUN	MON	TUE	WED	THU	FRI	SAT

SUN	MON	TUE	WED	THU	FRI	SAT

- 이 주의 금지어는 "싫어!"입니다.
- 나를 주제로 한 백과사전을 만들어 보세요.
- 이번 주 점심시간은 혼자서 보내면 어때요?
- 월급날의 루틴을 만들어 보세요.
- 나를 위한 데이트 코스를 짜볼까요?
- 사치 주간! 하루에 하나씩 작은 사치를 누려요.
- 무해하고 재밌는 스몰토크 주제를 모아 보세요.
- 내게 필요하지 않은 것을 골라 매일 하나씩 버리기.
- 겨울을 씩씩하게 보내기 위한 준비를 해볼까요?
- 가까운 사람(혹은 나 자신)에게 매일 칭찬 하나씩 하기.
- 내년 달력을 펼쳐 24절기를 표시해 보세요.
- 좋아하는 사람들에게 줄 선물을 사보면 어때요?
- 1년 동안 기록한 작은 기쁨 중 기억하고 싶은 BEST 10을 골라볼까요?

글 **김혜원**

매년 생일 같은 옷을 입고 바다에 가는 사람. 걸어서 갈 수 있는 곳까지가 우리 동네라고 생각하는 산책왕. 작정하면 지금과는 완전히 다른 인생을 살 수 있다고 믿습니다. 매일 일기를 쓰고 일기로 인생을 배웁니다.
에세이 『작은 기쁨 채집 생활』의 저자입니다. 제목 값하는 사람이 되고 싶습니다.

instagram @cerulean_woonee

그림 **림예**

작은 상상으로 하루하루를 조금씩 다르게 바라볼 수 있다는 것이 즐거워 일상에 작은 상상을 더해 그림 그리고 있습니다. 웅크리고 다니는 나와 달리 두 날개를 힘껏 펼쳐 자유롭게 날아다니는 새들이 좋아 새사람 캐릭터를 만들었습니다. 엄청난 속도로 흘러가는 하루하루에 모양을 남기기 위해 일상을 잔잔히 그려 나가고 있습니다.

instagram @rimyeyoo

작은 기쁨 기록 생활

초판 1쇄 발행 2022년 12월 28일
초판 2쇄 발행 2023년 1월 10일

지은이 김혜원 **그린이** 림예
펴낸이 김종길 **펴낸 곳** 글담출판사 **브랜드** 인디고

기획편집 이은지 · 이경숙 · 김보라 · 김윤아 **영업** 성홍진
디자인 손소정 **마케팅** 김민지 **관리** 김예솔

출판등록 1998년 12월 30일 제2013-000314호
주소 (04029) 서울시 마포구 월드컵로8길 41 (서교동 483-9)
전화 (02) 998-7030 **팩스** (02) 998-7924
블로그 blog.naver.com/geuldam4u **이메일** geuldam4u@naver.com

ISBN 979-11-5935-134-1 (02810)

책값은 뒤표지에 있습니다.
잘못된 책은 바꾸어 드립니다.

만든 사람들 ———————
책임편집 이은지 **디자인** 정현주